KB075190

누군가 이미
나를 상상하고 있었다

# 누군가 이미
# 나를 상상하고 있었다

## 2021 시 앤솔러지

청색종이

# 누군가 이미 나를 상상하고 있었다
## 2021 시 앤솔러지

권
민
경

2011년 〈동아일보〉 신춘문예 시 부문 당선.
시집 『베개는 얼마나 많은 꿈을 견뎌냈나요』
가 있다.

# 번개

아름다운 것을 보면 왜 가슴이 찢길까
내 것이 아니어서인가 보다
내 것이었다 해도 난 늘
찢어졌겠지만

낮엔 하늘을 가르고 번개가 쳤다
바라보자니 무서워졌다
죄가 많아서가 아니야 아름다워서
슬픔이
빈 하늘을 가른다

비었다는 것은 무언지
가슴이 가득 차오르고
다 못 채우고 찢어질 때

안에서 쏟아져 내린
동물의

애칭

부르면 깜빡
감았다 뜨이는 빛

많긴 했다
갈린 배
막아도 쏟아지는 내장처럼 안에

# 볼록한 병

나 좀 깨줄래?
도움 없인 움직일 수 없고
깨지고만 싶다

어떤 고고학자가 어떤 학예사가 와도 붙일 수 없게
산산이

바다 건너 잡혀가던 도공의 좌절
향수병
그런 것들만 가득 담긴 나는 볼록
높은 곳에 있어도 떨어지지 못한다

아래와 자꾸 멀어지며

무심한 고양이가 쳐서 떨어뜨리지도 않고
바다 너머 쳐들어오지 못한
지진이 흔들지도 않아서
나는 볼록하고 둥근
부피감과 조금 가는 목

꽃 하나 꽂질 못하고
오래 먼지가 쌓이는 동안
계절이 시드는 동안
박살내주겠어?
단 하나의 병
가만 놓인 삶을

# 번아웃

지금 나는 앵꼬
사랑에 대해 말할 기운 없다

채워 넣지 않으면 사랑하는 대신
떠날 것이다 어디로? 갈 것이다 어디로?
가지 못하고
내 척추 주변을 맴돈다

잉꼬들이 떠드는데 귀여운 것들 하면서도
자꾸 무너진다

새들 부지런히
나뭇가지와 철사를 물어 나른다
섞여든 빨대
어떻게든 견고하게

재건 나는 미장 능력 없이 게으르면서
재건만 생각한다
가만 깔려 있다

무거운 3초

6월 새벽 휘파람 소리를 내며 우는 새
한 시간 후에 떠났다

# 아이돌

나보다 어린
오빠 언제 자라 첫 고해를 할까요
최초의 마이크
처음은 늘 강렬하죠

두 아이의 엄마는 말합니다
열 손가락 깨물어 아픈 손가락 없단 말은 거짓말
예쁜 애가 따로 있다
문외한인 난 전적으로 믿을 수밖에요

앞으로도 후로도 자식을 모르고
털 짐승만 분만합니다 오래 진통하고요
남의 털을 핥고
쿨럭거리는 거죠 고통스레

사귀자고 들러붙는 손
뿌리친 먼 옛날 이후
얼마만큼 망설이게 되었나
눈치를 보게 됐을까

쫄보의 마음 쫄보의 슬픔
반성하는 쫄보

센티멘털이라 포장하지만
웬걸요 찌질하게도 가슴이 찢어집니다
태반을 찢고 나오는 홀딱 젖은 털 짐승처럼
얼굴로 랩을 뚫으려 용쓰는 개그맨처럼
미끄덩하거나 쫀득해 보여도
찢기는 거죠 가슴은

그리하여 커지세요
단단해지세요
미열
이상형
얼굴이 여럿인 털 짐승
이미 죽은, 내 아버지가 될 뻔한 자
후대에 찾아올 러버여
온갖 열정의 집합체인 양
슬픔 속에 빠지게 하는
감정 덩어리 오빠

김
민
식

2021년 〈서울신문〉 신춘문예 시 부문 당선.

# 내가 사슬을 그릴 때

금팔찌에 회칠을 하고 다시 금박을 입히는 마음으로

그물을 던졌다
여러 번 다른 자세로 즐겁게

무른 산호 바늘로 코를 꿰어 매듭을 엮은 기억
부드러운 그물은 수면에 닿자마자 녹아버렸다
공룡이 살던 시기엔 그런 일이 종종 있었다
전나무가 드리운 소금호수에서의 일이었다

이십 년 후,
용골이 썩어가는 쪽배를
무너져가는 산장까지 끌고 올라갔다

산장에서는 불에 타는 것과 그렇지 않은 것의 구분이 엄격
하다
창고와 광주리로부터 가장 먼 곳에 화구가 있다

나는 불로 지어진 오두막 안에서 묘목을 틔워 올리는 상상을 한다

같이 배를 끌어 올린 사람이
모닥불 맞은편에 앉아서 말했다

"소극장과 연결된 지하상가에서 복사 역할을 맡은 배우가 잃어버린 촛대를 함께 찾아 준 일이 있다. 훔치진 않았지. 결백을 증명하려고. 위장을 했다. 사제복을 입었어. 그런데 그는 애초에 복사도 아니었으니까. 하지만 그 은촛대는 그 동네의 어떤 물건보다도 성물 같았다는 점!"

그렇게 말한 뒤 친구는 뒷짐지고 산을 내려갔다
나는 벽면에 적힌 산장이용수칙을 읽어내렸다

청지기에게 얻은 여벌 열쇠를 사용하지 말 것. 요철의 용도를 상상하지 말 것. 모든 문에 잠금장치 없음. 크고 아름다운 자물쇠 만들기에 심취하지 말 것. 이중 삼중으로 자물통을 구성하지 말 것.

산장에는 어디에도 문이 없었고
실내인 줄 알았던 곳은 천장이 뚫린 중정이었다
그곳에
바람에 녹아버린 은빛 그물이 펄럭이고 있었다

# 계열과 채굴

서른 개의 문이 늘어서 있는 회랑
나는 공동저술한 책의 개정판을 손에 들고 있다

문어를 상상할 때면 약간씩 친절해지는 사람들…

성문의 황금사자장식을 보고 알았지
우리는 문이 갑작스레 열릴 것을 안다
그리고 그곳에서 아무것도 가지고 나올 수 없다는 것도

회랑을 지나면 책의 내용이 바뀌어 있을 것이다

『차가운 물체가 피부에 닿는 걸 싫어하는 사람들의 모임』에
나는 이렇게 썼다.

'상권보다 하권이 먼저 출간된 책을 읽은 기억이 있다. 1783
년에 먼저 출간된 하권의 제목은 『등대인간의 사랑』이다. 십
년 뒤 출간된 상권의 제목은 『등대인간의 생성과 소멸』이다.
나는 하권을 간신히 구해 읽었을 뿐 상권은 어디서도 찾을 수
없었다.

이 성의 분수대 안에는 젖은 책들이 가득하다. 나는 천사상 근처를 샅샅이 뒤져서 등대인간 연작의 상권을 건져 읽을 수도 있다. 하지만 그러고 싶지 않다. 따뜻한 물을 분수용수로 쓰는 관리인은 어디에도 없기 때문이다.'

이 성 안에는 분수대가 없다
나는 문 안에서 아무런 물체도 꺼내갈 수 없을 것이다
내가 회랑 끝에 도착하면
당신은 많은 가구를 아낄 수 있을 것이다

여기까지 쓰고 나는 사랑하는 사람에게 이 시를 보여주었다 그는 등대인간 연작에 대해 궁금해했다 왜 하권이 먼저 출간되고 상권이 유실되었는지에 대해 궁금해했다 나는 그 사실이 기뻤다 그는 문을 무서워하는 사람이었기 때문이다 우리는 성문 앞 계단에 앉아 떨어지는 유성을 구경했다 이 모든 일은 곡괭이를 압류당한 시점에 일어난 일이다

# 물에 젖은 유리공을 던지고 받는 일에 관하여

○

새 모양 양초를
촛대에 앉혔다
심지에 불을 붙이자
새의 등이 둥글게 녹아내리고
날개가 뚝뚝 선반 위로 떨어져내렸다

다리만 남은 양초가 타오르는 동안
한 번도 정전이 난 적 없는 예배당에서
나와 조명은
어깨를 감싼 채
유색의 보석이 산출되는 광상에 대해 생각했다

○

굽은 물관을 고치는 조경사의 주머니에는 투명나사가 가득
하다

바다 위에 설치된 분수대는 담수전용이었다

언덕의 물탱크로부터 투명한 파이프를 통해 신선한 민물이
공급되었다

분수대의 안과 밖은 물의 구분이 엄밀했다

마지막 보수를 끝낸 조경사는

바다분수에 투명한 유리알을 쏟아부었다

●

고목의 그림자가 하얀 팔다리와 겹쳐진다고 우리가 꼭 슬퍼
해야만 하는 거야?

○

흰 티셔츠를 입은 사람들의 독서모임이 있었다 주기적인 회
동이었다 검은 티셔츠를 입으면 죽여버리겠어. 하지만 죽이지
는 않았다 착한 사람들 집결지는 고무나무가 식재된 홀이거나

가림막이 쳐진 옥상정원이었다 일정량의 빛과 물과 그림자가
보장되었다 그들은 아무것도 기억하지 않기 위해서 책을 나눠
읽었고 하루는 사람이 단 한 명도 죽지 않는 책을 읽고 각자 줄
거리를 이야기했다


　　1889년, 아르헨티나 이파삼 광산의 갱도에서 등대인간의
　　어깨가 발굴되었다. 빛나는 고기의 맛이
　　아주 좋았고 인부들은 등대인간의 전신을 발굴하려 했지만
　　추정발굴기간은 30년, 내진설계가 부족한 갱도는 몇 년 안
에 반드시 무너질 예정이었다.
　　영원히 흙 속에 파묻힐 등대인간 어깨의 맛으로 기억당할
등대인간
　　등대도 인간도 사라질 무렵까지 묻혀 있을
　　등대인간, 폐쇄된 갱도 앞에
　　눈부신 거인을 기리는 제단이 세워졌고
　　가끔 산맥을 넘어온 갈매기나 고양이가 서성거렸다


　이건 완전 내 얘긴 것 같아. 라고 말하는 사람이 있었고 누군
가 등대인간이 사랑스럽다고 말하자

그는 더 이상 자신의 얘기가 아니라며 질색했다

거인 발굴을 너무 조기에 포기한 것이 아니냐는 의견이 있었고

제안자는 갱도 축조 기술 발전에 대한 등장인물들의 안이한 예측이

소설의 비극적 결말을 가져왔다고 했다

고기의 맛이 궁금하다고 말한 사람은

다른 모든 사람들의 질책을 받았고

무너져가는 텍스트에 대한 거대한 은유라는 의견이

다수의 합의로 정리되었다


○


나는 조경사에게 사자 모양 양초와 시향지를 선물해주었다

"향수가 금지된 나라에서 나고 자랐습니다. 내 꿈은 가시선인
장 수경재배입니다."

나는 아주 멋진 곡괭이를 구하는 중이라고 했다

보석을 가진 사람들은 곡괭이를 만져본 적도 없는 사람들이
니, 곡괭이를 멀리하라고 조경사는 조언했다

조명과 나는 그 말에 동의할 수 없었다

양수기 배수구에 유리구슬이 걸려 덜걱거리는 소리가 산으로
부터 들려왔다

# 노천카페에서 천혜향을 까는 사람의 시점에서

손끝이 시렸다
익숙한 풍경도
높거나 낮은 곳에서 유리 한 장을 덧대면
볼만해졌다

유리의 안에서
유리의 바깥에서
자꾸 늪이 될 것 같아서
발이 달린 늪이 되려고 했다

늪 속에 잘 빚은 귤 한 알을 던진다

진흙을 움켜쥐는 무수한 손가락과
열세 조각으로 갈라지는 귤알의 산개(散開)를
상상하지 않았다 누군가 이미 나를 상상하고 있었다

더 이상 생각이 뻗지 못하는 곳으로, 시큼한 늪이 걸어간다

분수대 근처에서 피아노 연주가 들려왔다

뛰어노는 아이들이 물줄기에 젖고 있었다

어제는 늪의 신이 온천장에 목욕하러 오는 영화를 봤고
나는 늪을 씻길 수 있다는 사실이 신기했는데

신이 완전히 깨끗해졌을 때, 나는 그가 죽었다고 생각했다

비가 오지 않는 화창한 날
모자를 쓴 채 자우산을 쓴 사람을 보면 걱정이 된다
그의 주머니 속에 차가운 금귤을 넣어둔다

그는 유리로 인테리어 된 카페로 들어가
유리로 만든 흡연실 안으로 걸어간다

"보호받는 기분은 아무것도 보호하지 못 한단다"
이것은 늪의 말이 아니고

모자와 우산과 유리벽과 유리창 너머에 목련 나무가 있고
공중이 목련의 꽃눈을 밀어 넣는 장면을 목도한 순간

미친 대바늘처럼 경계를 뚫고 들어오는 천사의 몸
우리가 자주 부르고 사랑했던 그 천사였다

천사의 의치(義齒)나 흰 손목의 굵기 같은 것
만져 봐도 돼요? 내가 물었는데
이것 또한 늪의 말이 아니었고

빈 구덩이를 가득 채우며 증식하는 금귤을 보며…
이제 나는 더 크고 아름다운 품종을 상상했다

아무도 죽거나 다치지 않기를 바랐지만
그 아무도에 포함되는 사람이 별로 없었고

얼굴에 얼룩이 묻어서 거울을 보며 닦는데
냅둬 아무도 너 안 봐. 누군가 그렇게 말했다

그 순간 정말 아무도 아무를 안 보고 있어서

내가 처음으로 사람들을 바라보기 시작했다

김상혁

2009년 《세계의문학》 신인상 등단. 시집 『이 집에서 슬픔은 안 된다』, 『다만 이야기가 남았네』, 『슬픔 비슷한 것은 눈물이 되지 않는 시간』, 산문집 『만화는 사랑하고 만화는 정의롭고』.

# 아이의 빛

어제는 종일 빛 생각뿐이었다. 이제 마흔인데 그렇게 살면 어떡해? 아니, 마음은 안 그런데 자꾸 말이 나쁘게 나와…… 이야기를 끊고 고개를 숙이는 빛의 마음을 나도 모르는 것은 아니다.

빛은 식물을 키우고 빛은 멸균하고 빛은 모서리가 뭉개진 작은 택배 상자를 현관 앞에 두고 돌아섰다. 빛은…… 얼마든지 더 입을 다물 수 있다. 하루는 창문 안으로 들이쳤고 빛은 더는 참을 수가 없었던 것이다, 내가 빛 앞에서 종일 빛 생각뿐이라는 사실을.

빛이 오간다. 빛이 아이를 뛰게 한다. 빛은 흉한 이야기 속에서도 잃을 것이 없다. 빛은 나의 얼굴과 사랑을 변화시킨다. 땀에 흠뻑 젖어 집으로 돌아온 내 아이는 방금 망원동 사거리에서 빛이 자기 손을 힘껏 잡아 큰 차에 태우려 했다 말하면서도,

아직도 빛은 사랑이어요, 그렇다고 우리가 빛의 손길을 거부해서는 안 되는 것이죠, 빛은…… 차라리 자기를 욕하라는 표정으로 빛이 희미해지는 창문 앞에서 도무지 비키지를 않았

다. 끝까지 고개 숙이지 않는 아이의 마음을 나도 모르는 것은
아니다.

# 심하게 봄

하지만 생각해보세요, 심하게 봄이라는 말을

봄꽃이 만발하고 꽃가루 온통 날리는 날이어서, 심하게 봄이네, 중얼거렸는데

어느 골목에서 봄 튀어나와 갑자기 한 팔로 나의 목을 휘감더니

자기가 나의 오랜 친구라는 것이죠 왜 이래요? 누구신데요? 해봐야

기어이 내 다리를 걸고 나를 밀어서 넘어뜨리고 멱살까지 잡는 것이죠

나더러 사랑도 우정도 간직할 줄 모르는 금수 같은 새끼라며

때리기 시작하는데 생각해보세요, 심하게 봄이라는 말을

적당할 줄 모르는 봄바람에 눈코 뜰 수 없는 날이어서, 심하게 봄이네, 혼자서 한번 말해본 것인데 이제는 멀어진 어느 골목서부터 나를 좇아와

우리 좀 데려가라, 높아진 어깨 위에다 꽃잎 하나라도 달고 떠나라,

나더러 혼자만 살아서 돌아갈 생각을 말라는 것이에요

# 오세요 미야기*

잘 지내고 있다
창문을 열면 바다가 보인다는 것
연중 덥지도 춥지도 않다는 것
아는 사람 없이 잘 지내는 이유가 된다

불운이 열린 창을 타고 들어오려다
턱 위에 그대로 잠들어 있다는 것
말 통하지 않는 이곳에서
내가 조용히 잘 지내는 이유가 된다

아무도 못 깨우는 물결인데 틀림없이
해변으로 무엇 하나를 데리고 온다는 것
작은 것 깨진 것 하도 깎여서 동그란 것
사람 없이도 세계가 무사하다는 것

소의 혀를 구워서 내주는 미야기
사랑을 요구하지 않는 미야기에 관한

---

* 일본 미야기현(宮城縣)의 SNS 관광홍보 계정.

길고 긴 편지를 쓰려다 오수에 잠겨서
정작 어두워지면 뜬눈이 된다는 것

밤이 혼자서 깊어질 수 없다는 것
아무 사연 없는 밤인데 틀림없이
하얀 얼굴 하나 걸어두고 간다는 것
내가 떠나지 않는 이유가 된다

# 무스

무스는 좋다
말코손바닥사슴이라고 부르면 더 좋다
자동차로 로키산맥을 지나는 길에 만나면 좋다
조금 무섭지만 서서히 차를 몰면 괜찮다

무스의 뿔은 좋다
머리에 그대로 달려 있어야 보기 좋다
무스를 사냥하지 않고 늙어죽도록 두는 마음은 좋다
그래서 차도 사람도 피하지 않는 무스는 좋다

산맥을 다 돌아나오도록 좋다
관광을 다 마치고 나니 더 좋다
무스와 사진 찍다가 맡은 냄새도 괜찮다
무스 옆에서 긴장한 내 표정이 좋다

돌아가는 비행기에 앉아도 신난다
무스의 모든 것이 좋다는 생각뿐
엄청난 뿔이 달린 거대한 말코손바닥사슴
조금 무섭지만 움직이는 무스는 좋다

박
지
웅

부산 출생. 2004년 《시와사상》 신인상, 2005년 〈문화일보〉 신춘문예로 등단. 시집 『너의 반은 꽃이다』『구름과 집 사이를 걸었다』『빈 손가락에 나비가 앉았다』가 있고, 산문집 『당신은 시를 쓰세요, 나는 고양이 밥을 줄 테니』, 어린이를 위한 책 『헤밍웨이에게 배우는 살아있는 글쓰기』『모두가 꿈이로다』『꿀벌 마야의 모험』등을 쓰거나 옮겼다. 제11회 지리산문학상, 제19회 천상병시문학상, 제21회 시와시학 젊은시인상.

# 검은 귀

 말 속에 말 아닌 것들이, 침묵 속에 침묵이 아닌 것들이, 그리움에 그리움이 아닌 것들이 얼마나 많이 섞여 있나

 내 몸에 검은 귀가 산다
 풀벌레 소리에 갑자기 나타나는 귀

 아주 드물게
 오, 내 귀는 그토록 가볍고 멋진 날개를 가졌다

 오래 울먹이다 끝내 붉어진 홍시 속에는 무거운 피로 가득하다
 끝내 피를 머금어야 끝나는 생이 있는 법

 날이 저물면 해골에 붙어 있던 귀가 날아간다
 그늘을 펼치고 그늘을 물고 골짜기로 들어가는 그늘, 손닿지 않을 저물녘 속으로 물러선 당신에게로

 슬그머니 물방울을 놓치는 나뭇잎에 붙었다가 흔들흔들 딴청 피듯

하늘가에 어슬렁거리는 귀
비틀거리며 팔락팔락 돌아오는 귀

귀밑머리 뒤에 붙어
차갑게 저물어가는 것들을 핥는 귀

# 다시, 사흘

심장이 나의 최후여야 한다
죽음의 문턱을 넘다가
살아온 삶의 언덕들을 뒤돌아볼 때
그때 나는 돌이 된다
팔꿈치 들어 당신을 반기지 못한다
그때 당신이 해 줄 일이 있다
우리가 안뜰에서 키운 꽃 하나
아직 부서지지 않은 장미를
오월의 기름 위에 타오르는 그 꽃을
뛰지 않는 가슴에 올려두는 일
죽음 너머 들어올 수 있는 유일한 손길
내 심장은 사흘을 더 살 것이다
사흘 동안 나는 심장에 머물 것이다
촛불을 들고 마지막 작업실로 내려가
나는 쓰고 있을 것이다
심장이 나의 최후여야 한다

# 시월여관

여관에 들어 풀벌레 소리와 나란히 누웠네
아린 달이 걸린 시월의 방
애인의 옷섶을 풀자 왜가리 한 쌍
감고 있던 긴 목덜미 풀고 날아올랐네
그것들이 먼먼 공중으로 스미어들 때까지
눈길로 밀어 올리던 눈시울이 흔들렸네
그러고는 마음에 쌓아둔 말들
볼록한 이슬 같은 말을 떨어뜨렸네
한 방울 한 방울에 입을 맞추었네
풀잎을 들추면 애인은 옆구리를 틀어
가느다란 소리를 내 입에 넣어주었네
가만히 손 내밀어 소리에 밑불을 지폈네
시월에는 내 가장 먼 곳에 여관이 서네

# 팔월

팔월 귀목나무들은 전선이 된다
매미들은 나무에 참호 파고 공세를 이어간다
울음의 성전(聖戰)에 쇠박새가 날아들면
잠깐 숨 돌리지만 휴전은 짧다
먼 산 깊은 달을 가로질러온 칠 년 세월
저 뜨거운 총성의 그물에 갇혀 몸부림치는 팔월
칡 이파리 하나 뜯어 나비처럼 다가오던 사람
잠결처럼 왔다 사라지고 나는 매미 속에서 울었는지
매미들이 소리로 입 맞추는 것을 알고
귀가 발갛게 익었는데
그 글씨들 이제는 읽을 수 없는 일이 되었음을
사생결단으로 우는 저 꼿꼿한 각오가 진저리치고
소리 위에 또렷하게 소리가 겹치고
꿈 위에 겹친 꿈을 서로 문지르고
저들은 밥물이 끓어 넘치도록 팔월을 데우는 것인데
저 육중한 허기에 저녁하늘 열꽃을 피우는 것인데
결코 살아남아 결코 사랑하겠다는 항전
톱질처럼 자르고 들어오는 소리에
귀목나무 목덜미가 뚝뚝 끊어질 지경이었다

박진이

2015년 〈영남일보〉 신춘문예를 통해 작품
활동을 시작했고, 시집으로 『신발을 멀리 던
지면 누구나 길을 잃겠지』가 있다.

# 거기서 슬프고 여기서 울어요

작은 도로를 따라
꽃잎이 날리는 방향으로
반나절을 울고 나면
거기가 바로
봄이에요

그 봄을 어떻게 지냈는지는
· · ·
때때로 꽃들은 환해지고
꽃들은 더 환해지고
빈둥빈둥 산책처럼
지루했어요

지난겨울 집 안으로 들어 온 봄은 말라 죽었어요
돋보기 안경알은 까마득하게 멀어졌고요
대문 옆 낡은 의자는
더 이상 숨을 몰아쉬지 않아요

영정 사진 속의 할머니가 웃고요

이게 내가 할 수 있는 전부라고
꼬박 사나흘
봄꽃의 수를 세어보는 것이에요
한 사람이 너무 많은 꽃을 좋아했던
봄이에요

꽃은 활짝 핀 날이 장례일이에요

# 미국

동희는 발코니에 두 무릎을 세우고 앉아 창밖을 바라본다. 동희는 잠시 맡겨진 여섯 살 남자아이, 동희는 미국이 얼마나 먼 나라냐고 물었다. 곰곰이 생각하다가 나는 미국을 별로 좋아하지 않는 나라라고 대답한다.

아버지는 구순이 넘은 할머니에게 돌아가신 큰 숙부도 미국에 있어서 오지 못한다고 했다. 할머니도 미국이 얼마나 먼 나라냐고 물었었다.

혈육이 없어 먼 나라와 혈육이 있어 먼 나라는 다르면서도 같은 나라다.

창으로 문득 들어오는 밤바람에 춥지 않아? 물었더니 아이는 나를 물끄러미 올려다보다가 엉엉 운다. 미국이 얼마나 먼 나라인지 동희도 할머니도 알고 있었다.

슬픔은 긴 날들보다 짧은 날들에 더 많다

# 빗소리

떨어지는 빗방울
톡 톡 토독

반은 점포이고 반은 보도를 빌린 단골 술집 차양 아래 막걸
리와 파전을 가운데 두고 마주앉았다

오전은 미봉책의 먹구름이었고
저도 답답했던지 빗방울을 쏟는 하늘

어디 가면 으레 누군가 있다는 건 아직은 오지 않은 날의 쓸
쓸함을, 쓰고 저릿한 술처럼 먼저 따르는 일 같은 것. 한 모금
먼저 입에 대는 일 같은 것

한동안 소식이 없던 이유를 묻자
너는 운다

차양 밖으로 빗줄기는 굵어지고 나는 고개를 숙이고 잠자코
앉아 막걸리 잔의 기포가 하나 둘 사라지는 것을 지켜보았다

서로 말 없다보면 가라앉을 것은 가라앉고 술잔 위로 떠 오른, 말 안 해도 알 것 같은 동그랗게 뭉쳐진 휴지같은 이유들

　이럴 때는 내리는 저 빗소리들에게도
　눅눅한 품속이 있을 것 같다

# 여행

TV 여행 프로그램에
한때 최고의 인기를 누렸던
두 명의 여자가수가 나왔다
요즘 핫 플레이스라는
남도의 어느 소도시로 간다고 했다
기차는 출발하고
정신없이 살았다고
이런 여행은 처음이라고
옛날엔 이렇게 빠른 기차는 없었다고
손을 맞잡은
그랬지
그랬어
그랬구나

몇 개의 터널을 지나고
차창 밖으로 보이는 바다에
우와아아
소녀처럼 소리를 지르다가도
이내 이어지는
그땐 그랬지

그랬어
괜찮았지

마치 익숙한 고향을 향해 가듯
역방향으로 달려가는
그녀들의 히트곡
어느 무인역의 날씨를 지나가는
그때와 지금 사이의
간주곡

윤선

2018년 《시와반시》에 「수선화는 피었지만
난 쓸쓸해요」 외 4편으로 등단.

# 프로펠러


너무 낮게 뜬다구요 클 클 클

잘 돌아갈 수 있도록 너무 조이지 마세요
좀 헐렁해져야 돌아가지 않습니까?

마주 본 손바닥을 비비고
말도 찰방지게 빙글빙글 돌려보세요
조여진 생각을 풀어야 뜰 수 있다고요?
너무 조여도 안 되고 너무 풀어도 안 된다니까요
마음에도 없는 날개를 비슷하게라도

베껴야 하는 겁니까?
자기만의 독특한 날개를 달아 보라구요
염도 높은 소금물로 입안을 헹구고
숫돌에 잘 갈아쓰는 벼리를
가슴 중앙쯤에 두고
눈을 심장에 꽂아 두고
콧대는 너무 높이지 말아요
그러면 당신의 선한 눈동자가

보이지 않으니까요

프로펠러가 잘 돌아간다고 높이  뜨는 건 아닌가 봐요

내일이 무엇을 가져올지 아무도 모르는 것처럼

마음속에 열정이 쓰러지면

몸도 마음도 말도 생각도 추락


하거든요 부러진 프로펠러는 더는 돌지 않아요

이를 보이고 웃지를 못해서

뜨지 못해서

내 친구 지화자는

머리 위에 고인 물렁한 구름만 주무르다

어제도 광화문 근처에서 이름을 버렸다지 뭐예요


청계천 밤

물그림자에 빈 손바닥 펼치고는

옛다 간(肝)! 하고 던지고 왔다니까요


돌아가는 프로펠러가 어지러워

높이 뜨는 이름들이
목적지도 없이 높이 올라 부풀려진 과부하로
어디로 떨어질지
상대방의 프로펠러 소리에만 집중하다 보니

진실이란 거 들들들 들들들
양심이란 거 털털털털 털털털털

비어져 나오는 웃음을 참지 못하는 사내는
벗은 윗옷을 돌리며 광장을 뛰어서 지나가요

돌 것 같습니다
돕니다 돌아야  날 수 있으니까
돌아야  예술이니까

*당신 머리에 프로펠러는 왜 돌고 있습니까?*

쓸개까지 빼라구요  클 클 클

# 나는 일요일마다 굿모닝랜드로 간다


나는 일요일마다 사우나에 간다

인형처럼 세련된 미소를 짓던 얼굴을 지그시 누르며
목욕 바구니를 챙겨 든다

벌거벗은 몸 위로 미소를 삼킨 소름들이 흘러내린다
　김이 오르는 탕 난간에 팔을 괴고 먹머구리처럼 엎어져 눈
을 감는다

　스르르 밀려드는 잠 속으로 붉은 허밍이 흘러든다
　아주까리 동백 잎이 날리고 흐르는 이 밤도 서러운
　목포의 설움이 물 위로 깔린다

　가만가만 내 등을 쓰다듬는 음률
　묵직하게 굵어지는 콧소리에
　나는 자꾸만 왜소해 지고
　내 사교적인 미소가 허물어지고
　부드러운 손아귀의 악수들이 무너지고
　깊숙이 숨겨둔 슬픔이 하염없이 물속에 풀어지고 있다

포세이돈, 바다의 신이 왜 목욕탕에 앉아 있을까?

풍만한 육체를 자랑하듯
육중한 양팔을 난간에 걸치고 앉아 흥얼거리는
저 허밍 속에 몸을 묻고 함께 흐른다

물 퍼붓는 소리와 바가지 떨구는 소리가
천정까지 텅텅 울려 퍼지고
비음으로 부르는 끝없는 노래는 또랑또랑하게
새로운 글자를 쏟아놓고 있다

무겁게 끌고 다니던 들뢰즈와 라캉을 짓뭉개고
백석과 김수영과 김종삼과 기형도를 묵묵히 지나
나른한 두브로브니크의 애절한 시를 낭송하던
파한 술자리를 지나

취한 목소리가 살아나오고
한때 평화로웠던 골목길의 거나한 추억이 물길 따라 나온다

나는 물속에서 몸을 보채며
어느 골목을 헤매이다 휘청이며 돌아눕는데
지난날의 실수가 회한으로 떠도는
내 꼬락서니가 탕 속에서 휘청이고 있을 뿐

굿모닝랜드에는 아침 인사가 탕 속으로 빠진다

지친 몸 달래러 간 굿모닝사우나에서
나의 일요일은 가라앉고 있다

# 말을 가두어요, 조세핀

입술이 간질간질하도록 풀을 뜯고 싶은가요
조금만 참으세요
푸른 풀물이 내 몸을 물들일 수 있도록
혀 속에 말을 감추고 말을 풀처럼 입속에서 굴려보세요
헐렁하고 오물을 덮어쓴 말들도 풀과 섞이다 보면
한결 부드럽고 맛있는 풀들이 되는걸요
가끔씩 입술 밖으로 흘러내리는 말들 때문에
풀들이 짓이겨져 격이 낭하를 구를 때는
입속에 구르는 말을 저주하세요, 조세핀
말들을 함부로 초원에 띄우면
히이잉--
울음소리도
느슨해진 공기 속에서 질서를 잃고 말걸요
말은 따뜻한 온도를 품어야 몸이 살아나는걸요.
함부로 다루면 말의 화살이
한가한 오후를 박살 내고 말 거예요

\*

말들이 사는 철장을 하나 가져봐요
내 가슴보다 작게요
말을 가둘 수 있도록요
음흉하고 위태로운 풀들은 골라서 꼭꼭 씹으세요.
풀을 뜯는 입으로만요
비유와 페르소나로
말의 수위를 풀빛으로 잔잔하게 조율해 보세요
온도와 색깔과 맛과 감촉과 목소리를요
초원은 언제나 사람들 눈앞에 깔리고 있어요.
나의 초원으로 말을 데리고 나와요
거친 풀들을 모조리 먹어 치우고
들판을 가꾸어 보세요, 조세핀

\*

엎질러진 하늘은 빠르게 바닥으로 스며들어
다른 대지를 꿈꾸고 다른 풍경을 만들어 내요.

조세핀, 말을 잘 길들여 봐요

난폭하게 날뛰지 않게

조용히 햇빛과 바람과 구름을 당신 눈 속으로 담듯

말을 풍경 위로 풀어주세요

푸른 초원에서 풀을 뜯는 한 마리 멋진 말을요

자꾸 손 내밀어 상대방 마음을 두드리지 마세요

태평하게 보이는 사람들도 마음속을 두드려보면

어딘가 슬픈 소리가 나거든요[*]

그러니 말을 가두어요, 조세핀

---

[*] 나쓰메 소세키 『나는 고양이로소이다』 중에서

# 바벨론

비 오는 날은 광장으로 나가요 구겨진 마음 한 장 내어 놓아요 바람까지 몰아닥치고 온기를 잃은 사람들의 발걸음은 빗물처럼 숨 가쁘게 번져요 전단지는 비에 젖고 전단지 속 얼굴은 밟히고 있어요 입과 눈이 찢어지고 귀가 어그러졌어요 나무들도 마치 감정이 있는 것처럼 연두에서 초록으로 옷을 바꿔 입어요 나물을 파는 할머니를 받쳐주는 초록우산보다 진한 할머니 손등이 빛나는 저녁이예요 내일은 벌써 역광장 처마에서 기다리고 있어요 빗물은 뜨거워요 훅 끼쳐오는 입김들은 애절해요 비가 내리는데도 가슴에 타오르는 열정은 식지 않아요 우울은 탄력을 가졌거든요 광장 끝까지 당겨지는 기분은 빗물에 젖어 더 멀리 더 높이 튕겨지거든요 나는 더이상 털릴 게 없는데도 사람들은 훔쳐 온 말들이 넘쳐나는 내 가슴을 자꾸 힐끔거려요 내보이고 싶어도 더 보일게 없는데 말이예요 꺼져가는 슬픔이 등을 밀어요 성큼 잎을 피우라구요 오늘도 발설하지 못한 고백은 뼈를 녹이고 말을 녹여요 고백을 삼켜버린 사람들의 발걸음에는 속 빈 깡통 소리만 요란해요 마스크에 가려진 꽃대는 꽃을 망설이고 있어요 움츠리며 얼굴을 내밀지 못하는 불거진 꽃망울들 광장에 내려앉은 저녁을 향해 주먹을 흔들어요 붉은 바벨론이 흘러내리고 있어요

이
병
철

2014년 《시인수첩》 신인상에 시가, 《작가
세계》 신인상에 평론이 당선되어 작품활동
시작. 시집 『오늘의 냄새』, 평론집 『원룸 속
의 시인들』, 산문집 『낚 ; 詩 - 물속에서 건
진 말들』 『우리들은 없어지지 않았어』 『사
랑의 무늬들』이 있음.

# 설리(雪裏)


　공중에 던져진 사람의 손에만 잡히는 소문이 있다 몸은 추락하고 풍경은 솟아오르는 예고된 산책이 길게 늘어진 눈빛들을 모아 묶는 매듭이 된다 견고하게 완성되어야 하는 누각들의 세계에서 하얗고 긴 손은 물을 부르는 건반이므로 최선의 삶은 그저 백색소음이었을 것, 어떤 이들의 헌혈은 북극으로 흐르다 얼어붙고, 또 어떤 이들의 배식은 얼음에 칼을 박은 늑대 사냥을 모방했을 것, 두꺼운 가죽과 털을 지닌 소문은 어느 굴에서 태어났을까 인간이라는 단애(斷崖)를 딛고 서서 나침반이 되어야 했던 발끝이 중력을 벗어 자유롭다 자기를 화살로 삼는 사람에게는 딱 한 번 꿰뚫을 수 있는 최후의 과녁이 주어지는데, 얼굴들이 너무 많아 어디로 날아가야 할지 고민하기에는 귀를 자르는 소문의 울음소리가 빽빽이 겹쳐져 있고, 감은 눈을 뜨면 솜털에 싸여 숨 쉬는 작은 짐승 하나가 웃는다 화살은 결국 스스로를 과녁으로 만들며 명중의 파열음을 내지만 그마저도 백색소음, 입 안에 붉은 젖먹이들이 우글거리는 야생이 하얀 눈 속으로 무심히 기어들어간다

# 사랑의 찬가

너를 위해 죽을 수도 있다고 생각했지.
이제는 네가 죽었으면 좋겠다고 생각해.

나는 너무 많은 것을 요구 받았고 강함이 무엇인지 모르면서 강했으니까. 보상은 달콤하고 세계는 무한대로 넓어지기만 하고 잠에서 깬 새벽엔 무서워 울면서도 담대해야 했지. 돼지와 수간하지 마라, 돈을 벌어라, 살아라, 나를 만지지 마라.

육식과 기도와 금연 습관 덕분에 죽음을 밀어낼 수 있었지. 건강해야 한다. 착해야 한다. 너는 내 아들이다. 나의 사랑이다…… 노래는 점점 말의 형태를 잃었지. 너는 알아들을 수 없었겠지만 나는 사랑한다고, 살려달라고 외치고 있었지.

네가 나를 방에 가두었지. 빛 안에서 너는 지휘자였지만 어둠속에서는 사육사였지. 나는 채찍이 날아오기를 기다리는 서커스 동물, 크고 맑은 눈을 버리자 불 냄새가 몸을 감았지. 불을 통과해야 사는 목숨이 있구나. 팔을 허우적거리면 아무것도 잡히지 않고 그저 아침처럼 타들어가는 것들만 많았지.

나는 너보다 아름다웠지만 내 아름다움이 너를 가릴까봐 끔찍해지는 쪽을 택했지. 너의 유일하고 단호한 아름다움 속에서 평생을 살았지. 오래 길들여진 후 방에서 꺼내졌을 때 나는 손에 잡히는 모든 빛들을 칼로 바꿨지. 너도 결국은 붉은 피를 가졌다는 걸 확인하고 싶었지.

# 꽃잎이라는 장마

1

뚫리지 않는 벽을 뚫으려고 꽃잎이 떨어진다 꽃잎마다 이빨이 돋아있다 독기를 품은 꽃향기가 갸르릉거린다 찢어지고 또 찢어져도 꽃은 쉼 없이 떨어진다 단 한 잎이라도 저 단단한 벽을 관통할 수 있을까

뚫리지 않는 벽을 지키려고 우산이 펼쳐진다 우산은 대성당처럼 견고하다 아무도 침입할 수 없는 요새에서 사람들은 사제가 되었다 사월의 종교에는 성막이 있고 황금 가면을 쓴 제사장은 짐승을 잡는다 짐승의 목에서 꽃잎이 왈칵 쏟아진다

도축 짐승 목덜미, 벗나무 우듬지, 캄캄한 바다 속에서 꽃잎은 알몸으로 떨어진다 엑스선에 투과된 꽃의 내장이 텔레비전에 알록달록 떠오른다 가지에서 분리돼 온몸이 무력한 꽃을 보며 황금 가면은 웃는다

아무도 울지 않을 때 꽃잎이 떨어진다 태풍도 낙뢰도 없이 꽃잎만 떨어진다 가면을 한 입 물어뜯기까지 만 개의 잎이 소각된다 가면에 생채기가 나야 웃음은 순금이 아니라 도금임이

밝혀진다

2

꽃잎이 떨어지고 떨어진다 부드러운 꽃잎에 가면은 변색되거나 찌그러진다 우산들의 강철대오도 조금씩 헐거워진다 사람들은 꽃을 막을 수 없는 우산을 버리기 시작한다

시간당 300밀리미터의 꽃잎이 떨어진다 마침내 뾰족한 못과 망치가 되려고, 스스로 죽이고 살리려고 떨어진다 황금을 믿지 않는 사람들은 가면을 벗고 꽃잎이 된다 부딪치고 찢어지면서, 울고 멀리 멀리 흐르면서, 팔다리 없이 몸부림치면서

떨어진다
꽃잎만 한 구멍 하나가 우리를 본다

# 홍차가 아직 따뜻할 때

홍차를 마실 때마다
겨울 태양의 외로움을 껴안는다

손에 쥐면 차가운 불처럼

좀 더 따뜻하게
좀 더 따뜻하게

그림자의 길이로
마음을 측량하는 법

홍차가 식는 줄도 모르고
이곳의 겨울이 저곳의 여름인 줄도 모르고

나는 마음을 알지 않으려고
세상을 전부 그림자로 만든 적이 있다

겨울 태양이 외로울까 봐
그를 안고 어두워지는 날에는

들판마다 타오르는 부끄러움이 있다
불로 비춰야만 읽을 수 있는 문장들

펄펄 끓어야 비로소 우러나는 빛

태양이 지닌 단 하나의 작은 빙점을
나는 사랑이라고 배운다

이
재
훈

1998년 《현대시》로 등단. 시집으로 『내 최
초의 말이 사는 부족에 관한 보고서』 『명왕
성 되다』 『벌레 신화』. 저서로 『현대시와 허
무의식』 『딜레마의 시학』 『부재의 수사학』,
대담집 『나는 시인이다』가 있다. 한국시인
협회 젊은시인상, 현대시작품상, 한국서정
시문학상을 수상했다.

# 탐닉의 개인사

죽은 힘줄. 생각하는 뼈. 희망 없는 감촉.


길장승을 보며 언덕을 오른다.
마른 뼈가 가득한 곳.
소망 없는 광경이 심장을 빼앗긴 곳.
회복될 수 없는 시간의 바다에서
뼈들이 자맥질을 한다.
능히 불탈 수 있는 살점이 있을까.
회피하는 나무와 나무만이 즐비한 마을에서
중독된 자만이 아는 슬픔을 노래한다.
태양을 바라보다가 눈이 멀어버린 운명.
바람이 뼈의 구멍에 숨을 불어넣는다.
흙이 뼈들을 연결한다.


나무에 가죽이 덮여 당신의 언어가 되었다.
내 고통은 언제나 가죽으로만 남았다.
생기를 기대한 성스러운 밤도 있는데
귀신을 만난다면 물어 보고 싶은
탐닉의 출처.

어른은 소녀의 두려움을 알 리 없다.
바람에 몸을 잠그는 아침.
한 번도 가보지 못한 길.
한 번도 하지 못한 말.
입술이 열매로 바뀐다.
어느새 죄를 좋아하는 사람이 되었다.

# 블루

내 피부가 자꾸 말라가요. 한숨이 노래가 되지 않고 균이 되어 살에 스며들어요. 술을 마시면 뼈가 녹아들어요. 관습적인 연체동물이 돼요. 아침엔 잠을 자고 저녁엔 술을 마셔요. 자꾸 의심하는 사람들 때문이에요. 자꾸 조장하는 사람들 때문이에요. 편지를 쓰고 눈으로 말을 해도 소용없어요. 세상은 저를 측정하고 있어요. 혀가 뽑혀 나갔어요. 리듬을 빼앗겨 노래를 못해요. 혀가 없어 당신을 부르지도 핥지도 못해요. 어지러워요. 그저 옛 기억을 떠올리며 맹물 같은 소주를 마셔요.

압제를 당했나요. 그저 밥이 되었으면 좋겠어요. 특별한 배척이 되었겠지요. 기록이 없는 사십대를 살고 있어요. 매번 시험당하는 사내가 되었어요. 찬바람이 허벅지 속으로 파고들어요. 세상은 모두 상징인가요. 나는 누구의 자식이며 누구의 형이며 동생이길 바랐지요. 누구의 제자이며 누구의 선생이고 애인이길 바랐지요. 충분히 배교를 당하는 시간입니다. 조롱은 광풍처럼 휘몰아쳐요. 삼 년을 떠나왔나요. 사랑을 꾸고 갚지 않았나요. 밥을 베풀었나요.

# 폐허연구실

날카롭다. 여기에서 저기로. 저기에서 무한으로. 일면에서
이면으로. 들어가고 나온다. 백면에서 천면으로. 너와 나로. 서
로의 얼굴을 반사한다. 당신과 당신의 거기. 거기와 저기로. 침
투하고 삽입한다. 저쪽에서 이쪽으로. 이승에서 저승으로. 어
떤 시간에서 저쪽 시간으로. 굴절되어 파편되어. 빛으로 바람
으로. 공기로 물로. 과거에서 미래로. 미래에서 현재로. 회기하
는 나. 떠오르는 당신. 현재의 타인. 미래의 타자. 너의 거울. 당
신의 거울. 허구와 진실이 허상과 진리가 허망과 진창이 허세
와 진창이. 얽히고 설키고 너의 책상에 의자에 시험과 발표를
옥죄고 달랜다. 창작이란. 창조란. 시란. 시적이란. 당신의 우
주를 먹고 싶다. 당신의 얼굴을 넣고 싶다. 활을 겨눈다. 시간
을 쏜다. 거울과 보석과 하얀 눈이 쇼윈도우에 박혀 있다. 꿈이
무지개로 반사된다. 경계도 없이. 하얗게. 노랗게. 투명하게.
딱딱한 물질로 남는다.

# 전염병

난공불락이 있다. 공포스러웠고 저주했다. 심장을 넘겨주고 나니 세상은 온통 흰 세상. 무슨 이야기일까. 매일 몇 번씩 해가 지는 것을 본다. 일주일이 되면 해가 지고 해가 뜨는 것이 아무 소용없다. 그런 날. 눈에 보이는 모든 것들이 무너지고 있을 때. 매일 밤 쓰던 비밀도 버리고 전화번호를 바꾸고 아무도 만나고 싶지 않을 때. 가장 빨리 퍼지는 병은 불평. 물은 모든 것을 알고 있다는데. 내 몸은 대부분 물이라는데. 매일 물을 몸에 적신다. 매일 육만 가지 생각을 하는데. 대부분 불행한 생각. 일곱째 날 내 경험은 사라지고 감각도 사라진다. 하늘에 드리면 비가 되어 내린다. 하늘에 드리면 내게 쏟아진다. 감출 수 없는 마음이 둥둥 떠서 당신에게 흘러간다.

정
민
식

1990년 광명에서 태어나 유년시절 대부분
을 수원에서 보냈다. 제9회 오장환신인문학
상을 수상했다. 시를 쓰고 사진을 찍는다.

# 1월 1일이 모든 사람의 생일인 나라

생일은 일 년 동안 기다리다가
입을 떠난 바람이 조각나는 순간을 바라본다
누군가와 누군가 사이를 정확하게 갈라야 하는 케이크 칼처럼
접시를 받아든 저녁으로

타국의 손님들이 새해를 나의 생일이라 부를 때 그들의 타향,
현관에 섞인 신발들이 서로의 고향을 털어놓는다

나는 모든 1월 1일의 생일에서 왔어
축하하는 쪽보단 물어보는 편

당신의 한국 나이는 몇 살입니까?
나는 12월 31일에 태어난 사람을 알고 있다
태어난 지 하루 만에 두 살이 되어야만 했던

존댓말을 읽지 못하는 시차에서
무심코 날짜를 써 내려가다 북북 그어버린 작년처럼

같은 멜로디를 다른 언어가 부르는 노래 끝으로

새해 새벽이 오고 있다 한 명 한 명의 나이를 일러주며

5, 4, 3, 2, 1

거기보다 여기 몇 시간 늦게 도착한 생일에게
축하해, 술잔을 타고 올라가서 폭죽이 터지는 얼굴들을 보았지

나이보다 먼저 온 방황이 무색해질 만큼
말이 끝나기도 전에 과거가 되어버린 어감으로 묻는다

당신은 한국 사람입니까?

# 양형 참작 사유서

망상은 캡슐 속에 자신만의 놀이터가 있어
와해된 언어의 흙을 털어 넣고는
아, 입을 벌려 보여준다

딸의 정신을 훔쳐간 약상자를 열면
쏟아지는 욕설 소란 가출 울음
그녀가 처방 받은 방 안에선

소리이기를 거부한 비명과
몸통을 갖게 된 미움이
증오가 아니길 바랐던 시간

잠든 일인용 침대가
누운 몸의 형상으로 침전하는 물 잔은
어떤 증후의 안쪽인가

마침내 집에 찾아와
입을 헹구는 처지의 목구멍에서
끝없는 어둠을 보았을 때

삶은 이미 발병한 건지도 모른다
환각의 밑단을 펼치는 가루투성이가
이 비극의 증거로 채택된다 하더라도

문 없는 방의 열쇠를 영영 찾지 못한 아이와

문틈을 오래 돌보았을

피고인은
어떤 것으로도
대신할 수 없는 한 인간의
생명을 침해하여 돌아올 수 없는
아주 무거운 결과를 초래했다

이제 환각으로도 대신할 수 없는 아이와

더는 대신할 환각도 남지 않은

피고인은 앞으로 살아갈 날 동안
자신의 자식을 살해했다는
죄책감에서 벗어날 수
없을 것으로
보인
다

어느 참작 가능한 죄가
한 입에 털어 삼킨 가정

차가운 시멘트 바닥
약 상자에 갇혀 자신을 삼키게 될

피고인은 그러나,

# 방수 잘되는 집

정적이 낯선 살림의 숨소리에 귀를 갖다 댄다

불을 끄면 어둠이 켜지는 반지하로 이사를 간 날이었다

문고리를 돌린 채 소리 없이 방문을 닫는 불안

침 삼키는 소리가 몸에 빠져 다시 나가지 못했다

참는다는 건 자신이 만드는 소음까지 삼키겠다는 것

간혹 목구멍을 빠져나간 소리는 벽에 쉽게 부딪혔고

메아리의 몸 곳곳에 멍이 들어서 돌아왔다

부어오른 침묵 사이를 외풍이 지나다니는 동안

천장 벽지에 퍼렇게 물자국이 맺히기 시작했다

물방울은 받쳐놓은 대야의 뺨을 분명한 소리로

규칙적으로 때리며 새집을 지배해갔다

빨간 대야의 물이 찰랑거릴 만큼 차올랐을 때

주인집은 위층 보일러 배관에 문제가 있다며

청진기 두른 사람을 불렀다, 누수 전문가

그러나 집은 어떠한 과거도 누설하지 않았고

좁은 방에서 길을 잃은 혼잣말들이 청진기 너머 잡음처럼 섞여들었다

두 귀를 막은 몸이 물방울 소리로 가득 차오르고 있었다

# 완벽한 번역

사랑을 번역해본 이는 안다, 체취에도 품사가 있다는 것을

구멍난 번역기 주변이 에러 혹은 에로로 난감했다
밤은 독백처럼 창문에 서렸으나 몸은 자체로 언어였다
가벼운 키스로 벗겨진 오해가 문밖을 배회하고
목적어 하나가 서로를 목적하고 있었다

– 당신을 통째로 번역기에 집어넣고 싶어

그러나 나는 알고 있다, 구멍에서 흘러내리는 밤들과 거울이
흉내 내는 무수한 발음들
　사랑을 오래 앓다 혀에도 뼈가 있음을 깨달아버린 무정부주
의자처럼,
　허름한 소음 속에서 국적 불명의 미래를 약속할 것이다
　삐걱대는 중고 매트리스에 온통 섬뿐인 지도를 함께 그리며

　꿈의 언어를 지배한 제국주의는 역사에 없었다
　사랑이 지배하지 못한 서술어가 없었던 것처럼

기도하듯
'사랑해'가 입력되자
'saranghae'가 번역되어 왔다

정현우

2015년 〈조선일보〉 신춘문예로 등단.
2019년 동주문학상 수상. 시집 『나는 천사
에게 말을 배웠지』가 있다.

# 종

   무서운 일은 조용히 일어납니다. 종은 투명히 금 간 유리병 속, 그것에 담긴 종의 시간은 흐르지 않고 나를 부르는 소리였어요. 목소리가 아니었어요. 신부님이 치는 종소리 같은 것이었어요. 여름에만 우는 울음이었죠. 비브라토, 비브라토, 목소리가 노래에 가닿을 수 없는 곳으로부터 아침에 일어나면 모든 것은 사라졌어요. 종은 무엇인가요. 꽃이 질 때 돌아 나오는 말들이 어둠을 달려, 목을 걸던 밤의 별들이 아름다웠기 때문, 영혼을 가진 새들이 새장을 꺼내놓는 밤으로 떨어지는 낙과, 낙엽과 뒹구는 시체들, 눈이 없는 것들은 기다렸어요, 목이 없는 것들을, 예정 된 부재와 나의 거룩한 거짓을, 창을 열고 나무가 부려놓는 어둠을, 숲의 눈동자를 가리는 가지를, 악몽은 들리지 않고 나의 안은 어디로 달아났을까, 뒷걸음치지 않으려는 짐승의 목덜미를 만지는 마음으로, 영혼은 두 손이 없으니까 빛을 짚고 일어설 수 있으니까, 바깥을 들추면 목 놓아 울지 못하는 창문, 끝없이 여닫는 덜 자란 그림자들, 일어서지 못하는 나무의 배후들,

# 유리의 집

　오르골, 인형의 관절에서 도는 빛, 흐르지 못한 시간까지 듣지, 발아래 흔들리는 겨울수초, 창가에 턱을 괴면 푸른 발굽 소리, 나는 언 발을 거두고, 창밖의 새들은 고드름을 물고, 구름은 먼 틈을 닫을 때, 겨울이 들어갈 수 있는 빈 곳, 나를 끌어내리는 유리의 빛, 반사되지 않는 빛은 투명하게 잠영해, 빛을 열고 가는 기도, 말해요, 머리 위로 새들의 높이를, 투명을 타고 오르는 새들이 부딪히는 유리의 벽, 깜빡여도 떠지지 않는 눈, 집은 모두 쏟아지고, 겨울나무가 짙푸르게 우는 소리, 나는 작은 우주 속의 한 톨, 내가 아는 슬픔들을 하나씩 불러볼까, 오르골이 돌지 않을 때 까지, 존재는 멈추지 않고 모든 순서가 사라진다, 무엇이 나를 대신 할까, 흐르지 않는 유리의 강, 집을 짓고, 강수가 차올라도 두 손으로 쥐어도 깨지지 않는 유리가 있어, 쓸려가는 우리의 시간. 달아나는 유리의 빛.

# 슬픔에게 말을 빌려

겨울이 겨울로 지나고 사람이 사람으로 지날 때 밤은 어떻게 왔습니까. 슬픔은 처음부터 눈이 필요 없기 때문입니까. 눈발이 끝나는 곳, 나의 두 눈과 어둠의 절반, 나무들이 뒤척이는 빛들의 절반, 죽고서야 모이는 두 눈의 빙점. 고드름을 떨어뜨리는 겨울에서 싸락이는 눈소리를 듣습니다. 눈에서 태어나는 이미지는 눈보라 속으로 사라지고 마음대로 죽을 수 있는 것은 무엇입니까. 뼈들은 밤의 비례로 끊어집니다. 안을 볼 수 없는 눈의 기원이 밤으로부터 삐걱입니다. 꺼낼 수 있는 눈송이들이 정해져 있다는 생각, 보이는 것으로부터 환원되는 푸른 입체, 보이지 않는 것은 일어서지 못합니다. 시작되는 모든 기원은 죽음으로 가득 차 있듯, 나의 밤을 열어두면 지나간 흔적들은 유리막 저 편으로, 눈의 감각으로부터 감정으로부터 보지 않기 위해 눈의 감각은 일관됩니다. 신은 우리를 돌보지 않으니 당신은 본래 울면서 떨어지는 것, 물에서 걸어나와 울음으로 생략되는 빛, 잠겨 들어갈 수 없습니다. 슬픔에게 말을 빌리면 인간은 직립하는 방향으로 견딜 수 있고, 나는 슬픔의 길이로 미끄러지는 요람, 위에서 아래로 떨어지는 어둠의 살갗, 하나의 벽면으로 응집됩니다. 눈은 안쪽에서 기억을 매일 죽이는 것, 나를 내려다보는 것은 정오의 새와 방향, 세상에 머문 시간 보다 더 멀리 날아가는 면.

# 계수

불을 머금은 이파리들

천사와 곤충의 눈은 어딘가 닮아 있다
돌지 않는 손잡이를 돌리면
돌이켜 세울 수 없는
그림자 하나

너는 양치식물,
한 번에 그려지는
죽은 것들이 젖는 무수한 머리칼

윗입술과 아랫입술의 엇갈린 다툼, 세상을 끝까지 산다는
크라켄에 대해 생각한 적 있다. 의심되지 않는 질감,
인간이 썩어 문드러지는 건
식물에 가까운 리듬
얼굴과 거죽 사이 쏟아지는 물고기의 낮과 밤으로부터
도망치는 나무의 계단 그 아래로부터
내려가는 리듬,
손가락을 접으면 구름의 무덤,
괴어,

실핏줄이 터진다
햇빛을 모두 끌어안는

그건 입, 너무 많은 수
최초의 직립

주
민
현

2017년 〈한국경제신문〉 시 부문으로 등
단. 시집으로 『킬트, 그리고 퀼트』가 있음.
2020년 신동엽문학상 수상.

# 그린란드에 내리는 편지

해변에 끝없이 내리는 눈만큼이나
지구의 오염을 막을 방법은 없다네
친애하는 에드워드 양
그린란드에는 검은 눈사람이 깔려 있다네.

오로라는 신의 뜻대로 휘어진다네
오, 신의 뜻 같은 게 어디에 있나
우리는 보고 싶은 대로 세상을 볼 뿐이네

빙하는 거의 녹았네만
아직 그곳 사람들은 희망을 믿고 있다지
과거로부터 배울 게 있다고 선생은 가르치는가
우리는 한 번도 겪어본 적 없는 곳을 향해 가고 있네

비가 그치지 않아도
폭설과 폭염이 반복되어도
그 무엇도 이상할 게 없네만
그곳 사람들은 아직 낙관적으로
먹고 마시고 버리고 입는다지

우산이란 신기하게 생기지 않았나
스스로를 찌르기에도 좋게 생겼다네

우리가 아직 무엇도 아니었을 때
우리는 조용히 발가벗은 채
입술을 모으고 흰 천사들을 기다렸네

오, 천사 같은 게 어디 있나
우리는 모른 체하고 있을 뿐이네

이곳에서는 검은 물이 녹아 흐르네
마모된 유리병과 반짝이며 밤마다 이상한 소리를 내지

이곳에도 둥근 발자국을 남기는 이들이 있다네
지루하고도 더없이 인간적인 희망을 믿으면서 말이네

# 청소의 이해

청결에 대한 당신의 욕망을 이해해요
24시간 청소 서비스를 찾아 주셔서 감사합니다

어디든 달려가고 어디든 깨끗하게 해 드릴게요

법의 테두리 내에서 당신의 죄에 대한 법의 집행은 유예될
거랍니다
당신은 가장이고 몹시 반성하며 초범이니까요

당신의 부하직원이라면 조금쯤 만져도 되고
아이를 예뻐해 준 것뿐이라는 억울함까지

부르시면 달려갈게요

어떤 죄도 말끔히 청소해드리며
반성문도 직접 써드리는 24시간 청소 서비스는
상시 대기하고 있답니다

그런데 실수로 죄를 지우다 영혼도 살짝 지워졌으며

당신의 발가락이 조금 희미해졌다고요

영혼이 없으면 냄새도 없고 맛도 없기 때문에

당신의 몸이 풍기는 비릿한 냄새가
조금씩 희미해진다면 그건 좋은 일이랍니다

옷걸이의 위치가 수상하고
당신의 몸이 점점 투명해진다고요

당신의 죄가 당신을 투과해갈 거랍니다

초과하는 슬픔을 계속 맛보는 형벌이
내내 따라다니기를 기원합니다

# 사이와 사이

나는 포개지고 밀려난 곳에서 피어오르는 야옹이,

곱창전문점과 신흥방앗간 사이에서
나는 태어났지
평화시장과 꽃무늬 이불 사이로 날아갔어

재개발 보상 투쟁의 현수막과 높다란
고층 아파트 사이

영농 귤 박스와 구걸하는 손
사이

부드럽고 어두운
오렌지를 통과한 적이 있어

오렌지와 조각
사이

휠체어를 탄 신랑의 춤이

상영되는 영화관과
춤을 모르는 조각상 사이

빵 공장의 노란 타일과
부풀어 오르는 흰 치즈 사이

이 플랫폼에서 저 플랫폼 사이
플랫폼이라는 말과 플랫폼 사이를
가로지르는 열차를 타고 수송되는
나와 너 사이

거짓을 좋아하는 푸른 입술을 달고서

# 공중부양의 자세

너는 무대의상을 **뒤집어** 입고 있어
담배를 **거꾸로** 태우고 있어
오전과 오후의 청소부를 하염없이 맞이하지
내려가야 할 계단을 하염없이 지나치지
돌이킬 수 없는 느낌을 좋아해
피아노 건반 위에 엉덩이로 앉은 것처럼
**쾅**, 하고 날아간
복권의 꿈에 대하여
너는 양복을 **입지 않고** 있어
며칠째 출근을 **하지 않고** 있어
나는 네가 입은 양털 옷이 되고 있어
서서히 너에게 파묻히지
그날 아침의 공중부양에 대하여
눈앞에서 날아간 세속적인 질문에 대하여
멈추지 않고 날아오르지

황은주

2012년 〈중앙일보〉 중앙신인문학상 등단.
시집으로 『그 애가 울까봐』가 있다.

# 해변의 만화경

해를 향해 던져버린 만화경을 찾는다

붉은 수영복을 입은 사람들이 모래밭에 누워 있다
빛을 쫓아 모이고 흩어지는 몸들을
흔들고 싶었다
붉은 만화경 안에 진열해 놓은
흩어지고 모이는
단정한 세계를

믿어요 나는 창조주입니다
믿어요 그것은 영원한 세계, 세계를 흔들어보세요

잡화점의 붉은 시야 속으로
사람들과 사람들이 흘러오고 흘러가며
부딪쳤다 떨어진다
숨 가쁜 충돌과 굉음이 뒤섞여
규율이 되고 법이 되는
환한 세계를

믿어요 나는 창조주입니다
믿어요 그것은 진실한 세계, 세계를 흔들어보세요

붉은 수영복을 입은 사람들이 물 위에 떠 있다
유한하고 무한한 빛이 타오르고
밀려오며 밀려가며
찢어져도 뭉쳐도
피 흘리지 않는
맑은 세계를

믿어요 나는 창조주입니다
믿어요 당신의 세계, 세계를 흔들어보세요

# 완벽한 타인

아니요 아니지요 나는, 나와는 아니었지요 그 여자였습니까 그 여자와 말입니까 아가씨를 본 적 없어요 아가씨란 영화를 보았다고 하네요 나와 말입니까 아니요 미인인지 파격인지 흥분인지 그렇게 철쭉 같은 영화를 그렇게 화염 같은 영화를 아니요 극장과 사랑은 비밀 멜로와 아가씨는 금기 텔레비전을 켤 때마다 영화가 시작되고 아가씨가 등장해요 그 여자의 투명한 목과 현란한 피아노를 보고 놀라고

오, 다시 기억되고 지독하고

그 남자와는 아닙니다 아니요 낮입니다 그 남자와는 아니었습니다 그 남자와 말입니까 아가씨를 보고 말았습니다 아가씨와, 누구와 말입니까 그들은 말이지요 밤입니다 우리들 말인가요 아니요 나는 아니에요 텔레비전을 끌 때마다 피아노를 칩니다 피아노를 치는 아가씨 책을 읽는 아가씨 거울을 보는 아가씨 커튼이 있었던 듯 의자가 있었던 듯 나는, 나는 아니었습니다

# 지하생활자

무너뜨렸습니다 그렇습니다 길고 긴 장마였습니다 태풍이 몰려왔습니다 두려웠습니다 마루를 걷는데 마루가 부서졌습니다 발이 빠졌습니다 웅덩이가 생겼습니다

터뜨렸습니다 그렇습니다 거대한 거미였습니다 누렇게 기어왔습니다 두려웠습니다 종이로 거미를 가리고 손으로 눌렀습니다 손이 빠졌습니다 웅덩이가 생겼습니다

툭, 마음이 무너지는 소리였습니다 툭, 마음이 터지는 소리였습니다 마음이 자랄수록 마음이 뒤엉켰습니다 마음이 뒤엉킬수록 마음이 가라앉았습니다 두려웠습니다 웅덩이가 있었습니다

그렇습니다 낮은 벽에는 나이 사다리를 그리지 않습니다 낮은 창으로는 햇살의 은총을 배우지 않습니다 웅덩이를 그리는 만 년 묵은 사람입니다 마음이 없습니다 웅덩이입니다

# 분명

비 내립니다

흰 옷을 넣었습니다
날개입니다
분명, 세탁기 속 움직인 것은
손바닥만 한 날개
놓아주려고 합니다 분명, 붙잡았다가 놓칩니다
기다립니다 분명, 선의입니다
다시 버튼을 누르고
쏟아지는 비
비

비 내리고 비 퍼붓는 날에
이 집에 영원한 저주가 있으리라

흰 옷을 꺼내어 흔들며
달라붙은 한 줌 갈색 먼지를 털어냅니다
부디 쨍한 하늘이 되기를
분명, 비 오는데 비 오지 않는데

비
비는 쏟아지고

비 내리고 비 퍼붓는 날에
이 마음에 영원한 저주가 있으리라

# 시선(詩選), 혹은 시선(視線)

## 김대현
문학평론가

## 현대시의 자장

옴니버스는 하나의 세계를 공유하는 서로 다른 작품들의 모음을 의미한다. 대형 합승마차의 첫 번째 정류장에 위치한 상점 간판의 문구로 사용되다 해당 마차를 뜻하는 의미로 전용된 이 개념은 본디 '옴네스 옴니버스(omnes omnibus)'라는 문구의 축약어로 '모두를 위한 모든 것'이라는 의미를 가진다. 오늘날 대중교통수단의 상징인 버스의 어원이기도 하다. 버스는, 개별 승객의 요구에 맞추어 해당 목적지까지 정확하게 도달하는 것을 목적으로 하는 택시와 달리 보다 많은 사람들을 목적지 근처까지 안내하는 역할을 한다. 버스의 노선도를 통해 우리는 탑승객들이 지향하는 다양한 지점들이 어디에 자리하는지 예측할 수 있다. 이런 의미에서 버스는 우리가 사는 공간의 대략적인 지형도에 해당한다. 지금부터 이야기할 이 시선집도 마찬가지다. 우

129

리의 시대를 각자의 방식으로 읽어내고 있는 총 12인의 시편이 수록된 이 시선집은 해당 시인의 관점을 정밀히 보여주는 것은 아니다. 다만 각각의 시인이 포착한 시선들을 개략적으로나마 산개함으로써 우리 현대시의 자장이 어디까지 펼쳐지고 있는지를 조망하는 데 도움을 준다. 이로써 이 시선집은 우리 시대의 시인들이 하나의 세계를 두고 이를 해석하는 시선이 어떻게 다른지를 우리에게 보여준다.

## 쏟아지는 내장

권민경 시의 내장(內臟)에는 깊은 슬픔이 내장(內藏)되어 있다. 이 슬픔의 종류는 "센티멘털"과 같은 처연함이 아닌 "태반을 찢고 나오는 홀딱 젖은 털짐승처럼" 또는 자신의 생계를 걸고 다른 사람을 즐겁게 하기 위해 "얼굴로 랩을 뚫으려 용쓰는 개그맨"(「아이돌」)과 유사한 종류의 처절함이다. 그 슬픔이 처절한 이유를 어림하기는 어렵지 않다. 예컨대 「번개」를 살피자. 번개는 일상을 단절하는 그 섬광으로 인해 무언가를 환기시킨다. 환기의 대상은 명료하다. 이제는 더 이상 내 것이 아닌, 사랑하는 무언가로 가득 차오르던 가슴을 끝내 "다 못 채우고 찢어"진 상실감이 바로 그러하다. 찢어짐은 비움과 다르다. 비움은 덜어내는 것이라면 찢어짐은 아무리 "막아도 쏟아지는 내장"처럼 고통과 함께 저절로 새어나오는 것이기 때문이다. 그래서 찢어짐으로 인한 상실은 영원히 채울 수 없는 종류의 것이다. 이는 「번아 웃」에서도 마찬가지다. 상처 사이로 모든 것이 새어나온 그는 "사랑에 대해 말할 기운"이 없는 "앵꼬 상태"이다. 더 이상 찢어 진 가슴에 무언가를 채워 넣을 수 없다는 것을 깨달은 그는 어 디로든 "떠날 것이다"라고 거듭 다짐하지만 목적지가 정해지지 않은 상태에서 어디로도 가지 못한다. "나뭇가지"나 "철사"처럼 굳건히 자신을 유지하는 주변의 다른 사람들과 달리, 명백히 이 질적인 "빨대"처럼 연약한 그는 가끔 자신의 "재건"을 생각하지 만 생각만 있을 뿐 움직이지 못한다. 이처럼 "도움 없인 움직일 수 없"(「볼록한 병」)는 상황에서 그는 "꽃 하나 꽂질 못하고/오래 먼지가 쌓이는" 상태로 머무르기보다 누구에 의해서든 다시는 자신의 삶이 복원될 수 없도록 차라리 산산이 부서지고만 싶은 것이다.


## 상사(相似)의 놀이

여기에 수록된 김민식의 시들은 「내가 사슴을 그릴 때」의 서 두에 나타나는 시구처럼 "금팔찌에 회칠을 하고 다시 금박을 입히는"시들이다. 다시 말해 그의 시는 시인이 말하고자 하는 어떤 전언을 이런저런 "회칠"을 통해 은폐하고, 이후 다시 원래 의 전언을 떠오르게 하는, 하지만 그와는 분명히 다른 "금박"의 외피를 입힘으로써 원본이 아닌 복제를 통해 그의 전언을 인지

했다고 생각하는 읽는 이들을 다른 곳으로 인도하는 작업이다. 예컨대 우리가 '복사는 아니지만 복사로 위장하기 위해 사제복을 입은 배우를 복사로 인식하는 것'이 그렇다. 그리고 시인은 그것을 한 번에 그치는 것이 아니라 "여러 번 다른 자세로 즐겁게" 행한다. 이처럼 김민식의 시를 읽는 것은 대상에 약간의 차이를 두고 무한히 해석을 반복하는 상사의 놀이에 가깝다. 그러므로 읽는 이는 웹에서 거짓 링크로 타인을 원래의 의도에서 멀어지게 하는 이른바 낚시처럼 시인의 "그물"에 낚인 물고기가 되어 원래의 전언에 영원히 도달하지 못할 수 있다. 하지만 낚시와 달리 읽는 이 또한 불쾌감을 가지지 않고 기꺼이 그 길을 "즐겁게" 따라갈 수 있는 것은 우연히 도달한 곳에서 마주친 것들이 "그 동네의 어떤 것들보다 성물 같았다는 점!"일 것이다. 요컨대 그의 시가 인도하는 길을 명료히 인식하지 못해 "그곳에서 아무것도 가지고 나올 수 없다는 것"(「계열과 채굴」)이라 생각하더라도 그 안에서 마주치는 회칠과 금박들은 그 자체로 다시 매력적인 사유의 파편들이라는 이야기다. 그것이 비록 진실을 찾지 못해 사람들이 억지로 합의한 "무너져가는 텍스트의 거대한 은유"(「물에 젖은 유리공을 던지고 받는 일에 대하여」)라 하더라도 말이다. 그러므로 김민식의 시를 일일이 의미 단위로 분석하고 정리하지 못하였다고 실망할 필요는 없다. 혼돈에 질서를 부여할 때 혼돈이 죽고, 늪의 "신이 완전히 깨끗해 졌을 때 나는 그가 죽었다고 생각"(「노천카페에서 천혜향을 까는 사람의 시점에서」)하는 것처럼 그의 시 또한 읽는 이의 시선을 감지하며 매번 스스로 자신의 전언을 변동시키고 있기 때문이다.


## 생활의 피로

김상혁의 시는 생활(生活)의 피로를 사유하는 시들이다. 물론 여기서 의미하는 생활은 단순히 살아 있다는 사실 그 자체를 가리키는 생(生), 즉 삶이 아니라 그 삶을 유지하기 위해 어떤 방식으로든 적극적으로 활동하는 행동양식을 의미한다. 아리스토텔레스가 제시한 고대 그리스의 방식을 차용하면 이른바 조에(zoe)와 비오스(bios)에 대응할 수 있을 것이다. 만일 삶이 "무스를 사냥하지 않고 늙어죽도록 두는"것처럼 그 자체로 유지될 수 있다면 사람들은 "무스의 모든 것이 좋다는 생각"(「무스」)처럼 자연적 생에 내재된 즐거움을 그 자체로 향유할 것이다. 하지만 언제나 그렇듯 세계는 우리를 그대로 두지 않는다. 그래서 우리는 삶을 유지하기 위해 적극적으로 새로운 삶의 양식을 찾아 나선다. 문제는 삶을 유지하기 위한 생활이 때로는 우리의 삶을, 나아가 다른 사람의 삶을 피폐하게 만드는 것이다. 「아이의 빛」에 나타난 삶과 생활도 마찬가지다. 누구나 자신의 근원인 "빛"을 가진다. 하지만 빛은 자신의 본성에 따르지 못한다. 생을 유지하기 위한 그의 생활은 나이가 마흔에 이르러도 "마음은 안 그런데 자꾸 말이 나쁘게 나와"라는 것처럼 다른 사람에게 상처를 준다. 화자도 그 마음을 모르는 것은 아니다. 아니 어쩌면 그 역시 마찬가지일 것이다. 그렇게 빛은 "식물을 키우고", "멸균하고", 택배를 들여 놓는 것처럼 많은 생활을 수행한다. 그 과정에서 "사랑도 우정도 간직할 줄 모르는 금수새끼"(『심하게 봄』)라는 비난을 듣는 것도 감수해야 한다. 지나간 많은 삶의 분기에서 "혼자만 살아서 돌아갈 생각"(『심하게 봄』)을 했던 것의 응보이기 때문이다. 시인이 "사람이 없이도 세계가 무사하다는 것"(『오세요 미야기』)을 느낄 수 있는 "미야기", 다시 말해 다른 사람들의 생활이 자신의 삶과 연루되지 않는 장소에서 "떠나지 않는 이유"도 바로 이 생활의 피로에서 벗어나 생 그 자체를 향유하고자 하는 마음에 기인한다.

## 사랑의 결기

결기는 단순한 바람과 달리 무언가를 이루기 위한 결연한 의지를 의미한다. 어의에 담긴 정서의 총량이 남다른 만큼 결기의 대상이 되는 것 또한 대체로 사소하거나 사적인 욕망이 아닌 공동체에 관한 것이 그 주류를 이룬다. 결기가 때로 대의를 위해 자신을 헌신한 사람들과 결부되는 것도 그 일환이다. 하지만 박지웅의 시는 다르다. 그에게 있어 결기의 대상은 "결코 살아남아 결코 사랑하겠다는 항전"(『팔월』)이다. 자신의 모든 것을 걸어 이루고 싶은 것이 흔해 빠진 사랑이라니! 그래서 박지웅이 시에 나타난 사랑은 그 자체로도 아름답지만 그것이 전하는 정동은 사랑을 논하는 여타의 서정시와 달리 읽는 이를 무겁게 짓누른다. 「다시, 사흘」도 마찬가지다. 다른 세 편의 시와 조금은 다르게 강한 정동이 나타나 있는 이 시에서 당신이 전해주는 화자는 죽음에 직면한다. 하지만 그럼에도 불구하고 "당신"과 함께 키운 "장미"가 가져다주는 사랑의 추억은 "죽음 너머 들어올 수 있는 유일한 손길"로 "뛰지 않는 가슴"을 다시 뛰게 하는 유일한 힘이다. 그에게 있어 가장 마지막에 죽는 것은 머리가 아닌 "심장"이다. 다시 뛰는 그의 "심장"은 오직 사랑을 기록하기 위해 존재한다. 다시 돌아올 수 없는 사람과의 시간을 추억하는 「시월여관」도 사랑의 힘을 전하고 있다. 사실과 환상이 교차하는 "여관"의 풍경 속에서 매번 "시월"마다 다시 살아나는 "애인"과의 아득한 밀어는 그를 살아가게 하는 또 다른 동력이다. 물론 그가 사랑하는 대상이 언제나 고정된 대상만은 아니다. "끝내 피를 머금어야 끝나는 생이 있는 법"(「검은 귀」)과 같이 아무도 돌보지 않는 "해골"이나 "차갑게 저물어가는 것들" 또한 그의 사랑이 머무는 곳이다. 이것이 바로 흔하디흔한 사랑을 노래하겠다는 시인의 결기이다.


## 혼자 있는 슬픔


박진이의 시에 나타난 슬픔은 혼자 슬프다. 그래서 더 쓸쓸하다. 마주하는 다른 슬픔과 공명하지 않고 그래서 더 깊이 가라앉는 슬픔이 그럴 것이다. 슬픔의 정수는 바로 그 지점이다. 「거기서 슬프고 여기서 울어요」는 할머니를 잃은 봄의 풍경을 전한다. 가까운 사람이 사라져도 "때때로 꽃들은 환해지고/꽃들은 더 환해지"는 것처럼 봄은 여전히 찬란하다. 하지만 할머니가 쓰던 "돋보기 안경알"은 어디론가 사라져 보이지 않고, 즐겨 앉던 "대문 옆 낡은 의자는/더 이상 숨을 몰아쉬지" 않는다. 할머니의 부재에 대한 화자의 태도도 의식적으로 거기에서 멈춘다. 꽃이 "활짝 핀" 날들 사이에 스며있는 "장례일"은 그래서 더 스산하다. 「미국」에 등장하는 모든 인물은 어떤 방식으로든 "미국"에 "혈육"을 두고 있다. 그들에게 "미국"은 물리적으로 거리가 먼 나라로 인식되는 것이 아니라 혈육을 두고도 마음대로 보지 못하기 때문에 먼 나라다. 그래서 "혈육이 있어 먼 나라와 혈육이 없어 먼 나라는 다르면서도 같은 나라"인 것이다. 같은 나라에 사람을 두고도 이들의 슬픔은 교차하지 않으며 각자의 영역에서 고립되어 있다. 「빗소리」는 노변에 있는 허름한 점포에서 술을 마시며 슬픔에 침잠해 있는 사람의 모습을 그린다. 그는 자신의 심경을 가리기 위한 "미봉책"으로 "먹구름"을 불러냈으나 "저도 답답했는지" 이는 곧 울음으로 터져 나온다. 상대가 이를 가만히 바라보는 까닭은 다음과 같다. 시간을 두면 "가라앉을 것은 가라앉"는 슬픔과, "술잔 위로 떠오"르는 슬픔이 있다는 것을 알고 있기 때문이다. 그리고 앞의 것이 바로 영원히 해소되지 않는 존재론적 슬픔이다. 「여행」 또한 삶의 무상함에 내재된 슬픔을 다룬다. "그랬지/그랬어/그랬구나"라는 반복되는 진언처럼 인생의 정점에서 내려오는 사람들이 뒤늦게 알게 되는 회한과 이를 바라보는 무심한 시선이 바로 그러하다.


## 말속의 말

말은 자신이 말하고자 하는 모든 것을 외부로 드러내지 않는다. 말은 언제나 그 안에 또 다른 말을 품고 있다. 그리고 대체로 말의 핵심은 그 내부의 말에 있는 것이다. 윤선의 시는 모두가 알고 있으면서도 아무도 말해주지 않는 이 말속의 말들을 거침없이 들려준다. 「프로펠러」는 시스템 내부에 안정적으로 정착하기 위하여 자신의 원칙을 지키지 않고 적당히 세상과 타협하며 "마음에도 없는 날개"를 달고 "진실"과 "양심"은 물론 "간"과 "쓸개"도 버려야 하는 현대인의 삶을 야유한다. 그 과정에서 자신과 다른 "프로펠러"를 단 사람들이 추락하는 것을 바라는 것은 덤이다. 현대인들이 "돌 것 같습니다"라며 제정신을 유지하지 못하는 것은 물론이다. 「나는 일요일마다 굿모닝랜드에 간다」 또한 목욕탕에서 마주한 벌거벗은 육신을 통해 현대인의 과잉된 허위의식을 벌거벗긴다. 목욕탕은 알몸이 됨으로써 세속의 모든 것을 내려놓는 공간이다. "인형처럼 세련된 미소"도 "사교적인 미소"도, 현학을 증거하는 "들뢰즈와 라캉"도 그 안에서 "짓뭉개"진다. 그 안에서 화자를 정동시키는 것은 "목포의 눈물"과 "취한 목소리"와 같은 의식의 심연에 자리한

원초적인 감흥이다. 이를 통해 화자는 "내 꼬락서니"를 자책하며 자신의 내면 속으로 끝없이 "가라앉"는다. 「말을 가두어요, 조세핀」은 오염된 말이 가지는 위험성을 경고하는 시다. 때로 어떤 말은 사람의 마음을 슬프게 만든다. 기표의 외연을 넘어 이면에 은폐된 혐오도 그럴 것이다. 그러지 않기 위해서 우리는 마음 한편에 말을 가두고 "따뜻한 온도"를 품을 수 있도록 "초원"으로 보내야 한다. 그래야 "말의 화살"이 우리를 겨누지 못한다. 「바벨론」은 "훔쳐온 말"들로 가득한 사람들이 서로 간절히 소통을 원하는 모습을 그린다. 사람들은 자신 고유의 말을 주고받고 싶지만 "오늘도 발설하지 못한 고백은 뼈를 녹이고 말을 녹"인다. 그들이 자신의 말을 하기 시작할 때 소통은 시작될 것이다.

## 피억압자들의 노래

한 사람이 공중에 있다. "몸은 추락하고 풍경은 솟아오"른다. 누군가 죽음을 향해 다가가는 중이다. 이유는 명료하다. 하이데거를 빌리자면 그는 존재자이지만 존재는 아니다. 세계의 내부에서 그는 아무도 그를 인식하지 못하는 "백색소음"에 지나지 않는다. 그는 자신이 머물고 싶은 세계로부터 버림받은 것이다. 그에게도 기회는 있다. "자기를 화살로 삼는 사람에게" "딱 한 번 주어지는 최후의 과녁"이 그것이다. 하지만 모든 것이 과녁이라면 아무것도 과녁이 아닌 것처럼 세계 전체가 적인 자에게 특정해야 할 과녁은 존재하지 않는다. 결국 그는 "스스로를 과녁으로 만들며 명중의 파열음을 내지만 그마저도 백색소음"에 지나지 않는다. 이병철의 「설리(雪裏)」는 이처럼 세계와 자신을 단절하는 사람을 노래한다. 하지만 모든 피억압자들이 이처럼 무력한 것만은 아니다. 「사랑의 찬가」또한 사랑이라는 이름의 억압으로부터 탈주하는 자를 다룬다. 이전의 그는 "너를 위해 죽을 수도 있다고 생각"하는 사람이었으나 "이제는 네가 죽었으면 좋겠"다고 생각하는 사람이다. 계기는 명확하다. 상대는 오랜 시간 동안 사랑이라는 이름으로 그를 길들여왔다. 상대는 양지에서는 사랑으로 그를 조율하는 "지휘자"였지만 음지에서는 그를 "채찍"으로 조련하는 "사육사"였다. 그리고 깨달음과 함께 응보의 시간이 온다. 상대는 누구라도 상관없다. 그것이 신의 사랑이든 또는 부모의 사랑이든. 상대가 압제자였음을 깨달은 순간 붉은 피가 흐르는 것은 어차피 마찬가지다. 「꽃잎이라는 장마」도 압제에 저항하는 자들에 대해 이야기한다. 그들의 저항은 "꽃잎"이 견고한 "벽"을 뚫으려는 것처럼 무모해 보인다. 겹겹이 쌓인 "우산" 속에서 꽃잎은 알몸으로 떨어지며 알록달록한 내장을 보이기도 한다. 하지만 저항은 끊이지 않는다. 그런 점에서 꽃잎은 민중을 닮았다. 그리고 마침내 벽에 "꽃잎모양의 구멍 하나"가 생긴다는 점에서 시인의 시선은 희망적이다. 그리고 그런 시선을 가능하게 하는 것이 바로 차가운 겨울을 홀로 밝히는 "겨울 태양이 외로울까 봐/그를 안고 어두워지는"(「홍차가 아직 따뜻할 때」) 시인의 마음이다.

## 폐허의 시인

　이재훈의 시에 나타나고 있는 두드러진 장소적 특징은 폐허다. 폐허는 한때 생의 활력으로 가득하였지만 이제는 더 이상 자신의 효용을 증명할 수 없는 것들이 회복될 수 없는 상처를 입고 웅크린 채 버려져 있는 장소를 의미한다. 그래서 모든 폐허는 어떤 강대하고 폭력적인 것에 저항하지 못하고 희생된 무력한 주체들의 흔적이기도 하다. 시인의 시는 이 지점에서 시작한다. 「탐닉의 개인사」의 화자가 서 있는 곳은 이제 더 이상 탈 것도 없는 "마른 뼈가 가득"하고 "소망 없는 광경이 심장을 빼앗긴 곳"이다. 과거의 모습에 대한 어떠한 복원도 기대할 수 없는 곳에서 그는 "중독된 자만이 아는 슬픔을 노래한다" 그가 폐허의 슬픔을 노래하는 것은 이상하지 않다. 그 또한 "한 번도 하지 못한 말"에 중독되어 더 이상 과거의 자신으로 돌아갈 수 없는 사람, 다시 말해 시인이기 때문이다. 「블루」의 화자 또한 마찬가지다. 그는 끊임없이 자신의 신원을 의심받는다. 굳이 플라톤의 시인추방론을 언급하지 않더라도 기존의 것에 전복을 기도하는 시인은 언제 어디서나 이물질이다. 시인은 "혀가 뽑"히고 "리듬을 빼앗"기는 것은 물론 자신의 스승, 친족과 연인 모두에게 "배교"를 당하고 "조롱"을 받는다. 이런 의미에서 아무것도 기념할 것이 없으므로 자신을 핍박하는 모든 것에서 단절되어 있는 「폐허연구실」은 시인의 안식처이자 창작의 실험실이 된다. 그곳에서 시인은 "허구와 진실이 허상과 진리가 허망과 진창이 허세와 진창"을 실험하며 "창작이란. 창조란. 시란. 시적이란."것을 고민하는 이른바 '외로된 사업'에 골몰한다. 하지만 「전염병」에서 확인할 수 있듯이 이 작업은 아무리 두들겨도 열리지 않는 "난공불락"이고 "공포스러웠고 저주"받은 작업이다. 그럼에도 끊임없이 그 불가능성의 가능성을 사유하는 것이 바로 시인의 천형이다.

## 가장자리의 풍경

전면에 하나의 풍경이 있을 때 우리의 시선은 언제나 가장자리가 아닌 소실점을 향한다. 당연히 이는 우리의 탓이 아니다. 우리의 뇌는 미래지향적이며 앞으로 벌어질 일에 대하여 예측을 하는 방식으로 설계되어 있기 때문이다. 문제는 이로 인한 착시다. 소실점이 예비하는 미래의 환영과 달리 실재하는 것은 오히려 소실점 바깥에 자리한 가장자리의 풍경들이기 때문이다. 하지만 대체로 우리는 그것을 무시하거나 왜곡한다. 정민식의 시가 주목하는 것은 바로 이 지점이다. 「양형 참작 사유서」는 "망상"과 "와해된 언어"속에서 붕괴되어 가는 "딸"의 모습과 이를 안타까이 여기다 끝내 딸을 살해하여 "자신의 자식을 살했다는 죄책감에서 벗어날 수" 없는 친권자에 대한 '양형 참작 사유서'를 교차하여 기술한다. 이 구조는 의미심장하다. 서로 다른 두 이야기를 맥락 없이 교차편집함으로써 읽는 이 또한 편집증적 체험으로 유도하고 있기 때문이다. 이를 통해 이 시는 조현병을 앓는 이와 그를 둘러싼 주변인들의 고난과 함께 그 돌봄의 책임을 분담하지 않고 온전히 개인에게 돌리는 사회 시스템을 적시한다. 「방수 잘 되는 집」은 우리 삶의 근거가 되는 주거 환경을 다루는 시다. 화자가 이사한 곳은 "침 삼키는 소리"마저 새어나갈 것 같은 "반지하"에 천장에서 누수가 발생하는 곳이다. 이런 의미에서 '방수 잘 되는 집'은 현실을 왜곡하는 선전이다. 하지만 아무도 그 왜곡을 바로잡을 수 없기에 그것을 "누설"하지 않는다. 「1월 1일이 모든 사람의 생일인 나라」는 이 주민들의 정서를 다룬다. 해가 바뀌면 모두가 한 살을 먹는 한국식 나이와 "존댓말"에 적응하지 못한 그들이 그럼에도 한국에 머물러야 하는 것은 그들을 내모는 어떤 절박한 생이 있기 때문이다. 그래서 시인이 꿈꾸는 것은 아마도 가장자리의 삶을 온전히 재현할 수 있는 「완벽한 번역」일지도 모른다. 그것이 비록 불가능한 일일지라도.

## 이미지의 축제

정현우의 시는 은밀한 기의를 담은 이미지들의 연쇄로 이루어져 있다. 여기저기 너울거리며 사람의 눈을 현혹하는 환영처럼 끊임없이 흘러넘치는 선연한 이미지들은 그 장대함으로 인해 시의 전언을 압도한다. 예컨대 「유리의 집」을 보자. 이 시는

142

"오르골, 인형의 관절에서 도는 빛", "발아래 흔들리는 겨울수초," "푸른 발굽 소리" "창밖의 새들은 고드름을 물고" 등과 같은 조각난 이미지들의 흐름의 연쇄를 통해 읽는 이의 감각기관을 교대로 자극하며 시의 통일적 해석을 방해한다. 이는 인식되는 것은 지각의 대상이 아니라 감각되어야 한다는 일종의 반해석처럼 보인다. 흥미로운 것은 읽는 이가 그 지침을 충실히 따르려 할 때 "나는 작은 우주 속의 한 톨, 내가 아는 슬픔을 하나씩 불러볼까", "존재는 멈추지 않고 모든 순서가 사라진다, 무엇이 나를 대신할까."와 같은 전언이 나타난다는 점이다. 이를 통해 읽는 이는 그 간의 감각적 이미지들이 무작위로 배치된 것이 아니라 화자가 느끼는 존재론적 고독과 그로 인한 "슬픔"에 조응하는 기의라는 것을 인지하게 된다. 이미지의 연쇄를 통한 존재론적 고독과 그 슬픔을 묻는 형식은 「슬픔에게 말을 빌려」에서도 나타난다. 시의 시작은 겨울과 눈에 연관된 이미지들이다. 이 이미지들이 의미하는 것은 "눈에서 태어나는 이미지는 눈보라 속으로 사라지고", "시작되는 모든 기원은 죽음으로 가득 차 있는" 것처럼 우리 존재의 연약함이다. 하지만 "신은 우리를 돌보지 않"는다. 그래서 우리는 모두 "본래 울면서 떨어지는 것"이며 그것이 우리의 실체이다. 그러므로 "슬픔"은 모든 존재에 내재되어 있으며 어쩌면 이는 우리를 "직립"의 방향으로 견디게 하는 인간의 징표인지도 모르는 것이다. 종의 이미지를 빌려 "나의 안은 어디로 달아났을까"라는 구절처럼 존재의 심연과 마주하는 공포에 대해 이야기하는 「종」이나 "불을 머금은 이파리들" 처럼 내부에 자신의 죽음을 예비하고 있는 존재의 이유를 묻는 시들도 마찬가지다.


## 수사와 구호

주민현의 시는 유려한 서정의 언어로 우리 시대의 가장 첨예한 쟁점들에 접근한다. 언뜻 평이해 보이는 이 시도는 사실 생각보다 많은 이전 세대의 선배들이 수사(修辭)와 구호 사이에서 균형을 잃고 수없이 좌초한 지점이기도 하다. 하지만 주민현의 시는 언어의 균형을 통해 시적인 것을 잃지 않으면서도 현실에 대한 적확한 인식을 통해 그 모순을 성공적으로 드러낸다. 예컨대 「그린란드에 내리는 편지」는 서간문의 형식을 통해 기후위기의 심각성에도 불구하고 낙관 또는 무시의 형식으로 이를 외면하는 사람들의 태도와 그 미래를 보여준다. 편지의 발신인으로 추정되는 "신"은 수신자인 "에드워드 양"을 지상의 대리인으로 삼아 경고를 보내지만 언제나처럼 "우리는 보고싶은 대로 세상을 볼 뿐이"다. 그렇게 우리는 시시각각 "스스로를 찌르"며 자멸로 향한다. 성폭력범죄에 대한 가벼운 인식과 이로 인한 처벌의 불균형의 문제를 조소하는 「청소의 이해」도 마찬가지다. 피해자를 문제 해결의 중심에 놓는 이른바 피해자중심주의는 그동안 축소되고 은폐되었던 피해자의 고통을 끌어올리는 데 분명히 도움을 주었지만 그로 인해 필연적으로 생성되는 정동의 과잉은 그에 대한 어떤 물음도 불가능하게 만든 것도 사실이다. 하지만 이 시는 피해자를 주변이 아닌 중심에 두면서도 과잉된 언어를 사용하지 않음으로써 읽는 이들의 사유를 강요하지 않고 그들 스스로 피해자의 고통에 감응할 수 있도록 한다. 욕망의 "사이"에서 태어난 길고양이의 경로를 통해 빈곤, 장애, 플랫폼 노동이 교차하는 도시의 풍경을 은유적으로 그리는 「사이와 사이」. 더 이상 계층이동이 불가능한 현실에서 "며칠째 출근을 하지 않고" "복권"이나 코인 같은 일확천금을 꿈꾸다 망가져 가는 청년 세대의 체념을 다룬 「공중부양의 자세」도 서정의 눈으로 현실을 진단하는 아름답고 슬픈 시편들이다.


## 차이와 반복

황은주의 시편들에서 공통적으로 제시되는 기법은 특정한 구문들의 반복이다. 반복되는 구문들은 개개의 시편에 리듬감을 부여하는 한편, 구문에 속한 일부의 기표들을 변형하여 미묘하게 그 의미를 흐트러트린다. 이를 통해 읽는 이는 반복적으로 나타나는 구문의 의미 속으로 더욱 깊이 진입하며 변형된 기표들의 차이를 통해 각 구문들의 고유성을 인식할 수 있다. 「해변의 만화경」에서 반복되는 구문은 "믿어요 그것은 영원한 세계, 세계를 흔들어보세요"이다. 해당 구문에서 세계를 수식하는 "영원한"은 이후의 반복에서 "진실한", "당신의"로 변형된다. 시의 소재인 만화경은 소유자의 쥐는 방식에 따라 끊임없이 변화하며 새로운 무늬를 보여주는 도구이다. 그러므로 해당 구문은 어떤 식으로든 세계는 고정되어 있지 않으며 당신이 흔드는 대로 세계는 변할 수 있다는 것을 암시한다. 「완벽한 타인」은 "아니오 아니지오"라는 구문의 반복을 통해 이전에 함께 한 사건을 부인함으로써 상대와의 관계를 무화한다. 우왕좌왕하며 얼핏 모순되어 보이는 이 진술이 함의하는 바는 오히려 명료하다. 누군가 나와 어느 시간을 함께 한다고 해서 각자 체험한 고유의 인식까지 함께하는 것은 아니다. 그의 인식에 대한 나의 판단과 나의 인식에 대한 그의 판단은 언제나 가변적이다. 우리는 함께 했지만 결코 서로의 모든 것을 알지 못한다. 그래서 우리는 언제까지나 '완벽한 타인'이다. 삶에 대한 두려움으로 "마음이 무너"진 자신을 "웅덩이" 속으로 조금씩 가라앉히는 「지하생활자」도, 이제는 사라진 인연을 놓지 못하고 자신을 끊임없이 "저주"하는 「분명」도 동일한 구문을 반복함으로써 화자의 내면이 미묘하게 변화해가는 과정을 보여준다.

경驚.기記.문文.학學 48

# 누군가 이미 나를 상상하고 있었다

2021 시 앤솔러지

**초판 1쇄 발행 2021년 8월 6일**

| | |
|---|---|
| 지은이 | 권민경 김민식 김상혁 박지웅 박진이 윤선 |
| | 이병철 이재훈 정민식 정현우 주민현 황은주 |
| 펴낸이 | 김태형 |
| 펴낸곳 | 청색종이 |
| 등록 | 2015년 4월 23일 제374-2015-000043호 |
| 주소 | 서울시 영등포구 문래동2가 14-15 |
| 전화 | 010-4327-3810 |
| 팩스 | 02-6280-5813 |
| 이메일 | theotherk@gmail.com |

ⓒ 권민경 외, 2021

ISBN 979-11-89176-64-8   03810

이 도서는 경기도, 경기문화재단의 문예진흥기금으로 발간되었습니다. 저작권법에 따라 보호받는 저작물이므로 저작권자와 출판사의 허락 없이 복제하거나 다른 용도로 사용할 수 없습니다.

값 6,800원